Calixto Navarro, Manuel Hernande

CW00448014

Ternera, 7, tercero

Calixto Navarro, Manuel Cuartero, Isidoro Hernandez

Ternera, 7, tercero

Reimpresión del original, primera publicación en 1878.

1ª edición 2024 | ISBN: 978-3-36805-250-8

Verlag (Editorial): Outlook Verlag GmbH, Zeilweg 44, 60439 Frankfurt, Deutschland
Vertretungsberechtigt (Representante autorizado): E. Roepke, Zeilweg 44, 60439 Frankfurt, Deutschland
Druck (Imprenta): Books on Demand GmbH, In de Tarpen 42, 22848 Norderstedt, Deutschland

EL TEATRO.

COLECCION DE OBRAS DRAMÁTICAS Y LÍRICAS.

TERNERA, 7, TERCERO.

JUGUETE CÓMICO-LÍRICO EN UN ACTO Y EN VERSO.

ORIGINAL DE LOS SEÑORES

DON CALISTO NAVARRO

Y

DON MANUEL CUARTERO

MUSICA DEL MAESTRO

DON ISIDORO HERNANDEZ.

Estrenado con aplauso en Madrid en el Teatro de Eslava la noche del 25 de Mayo de 1878.

MADRID.
ALONSO GULLON, EDITOR.
Pez, 40, segundo.
1878.

TERNERA, 7, TERCERO.

JUGUETE CÓMICO-LÍRICO EN UN ACTO Y EN VERSO,

ORIGINAL DE LOS SEÑORES

DON CALISTÓ NAVARRO

Y

DON MANUEL CUARTERO

MUSICA ¡DEL MAESTRO

DON ISIDORO HERNANDEZ.

Estrenado con aplauso en Madrid en el Teatro de Eslava la noche del 25 de Mayo de 1878.

MADRID
ESTABLECIMIENTO TIPOGRÁFICO
de los Sres. J. C. Conde y Compañia, Caños, 1
1878.

PERSONAJES.	ACTORES.
MERCEDES...........	Sra. Doña Antonia García.
LAURA.............	Srta. Doña Encarnacion Pastor.
CAMILO.............	Sr. D. Santiago Carreras.
MISTER JHOK........	Sr. D. Francisco Povedano.

La escena pasa en Madrid.—Epoca actual.

Para la música dirigirse á D. Ángel Povedano, calle de Lavapiés, 34, segundo derecha.

La propiedad de esta obra pertenece á D. CALISTO NAVARRO y á D. ANGEL POVEDANO Y RODRIGUEZ, y nadie podrá, sin su permiso, reimprimirla ni representarla en España y sus posesiones de Ultramar, ni en los países con los cuales se haya celebrado, ó se celebren en adelante, tratados internacionales de propiedad literaria.

Los señores comisionados de la galería *El Teatro*, perteneciente á don Alonso Gullon, son los exclusivos encargados de conceder ó negar el permiso de representacion, del cobro de los derechos de propiedad y de la venta de ejemplares.

Queda hecho el depósito que marca la ley.

El autor se reserva el derecho de traduccion.

ACTO ÚNICO.

Sala decentemente amueblada; sobre un velador varios periódicos:

ESCENA PRIMERA.

CAMILO y MERCEDES.

MERCEDES.   Te digo que no hay un cuarto
en papel, oro, ni plata.
CAMILO.   Con tal de que lo haya en cobre...
MERC.   Tampoco!
CAM.   Pues hija, gastas
de una manera insolente.
Te dí un duro ayer mañana.....
Es decir cinco pesetas.
MERC.   Es igual!
CAM.   No es igual. manda
que así se cuente el gobierno,
y como no cuesta nada
darle gusto, yo soy uno
de los que su ley acatan.
Vamos á ver, Mercedítas,
qué has hecho de ese monarca?
MERC.   De qué monarca?
CAM.   Del duro!
MERC.   Qué he de hacer? Darle en la plaza!

CAM. Eres una ... regicida.

MERC. Compré huevos, espinacas,
mantea, jamon, azúcar,
hígado, arroz, ensalada,
alubias, queso manchego
y tres libras de patatas.

CAM. Pues con esas provisiones
hay ya para una semana.

MERC. Si nos las hemos comido....

CAM. Qué atrocidad!

MERC.   Tú te atracas
de una manera.....

CAM.   Sospecho
que tú no me vás en zaga.

MERC. Camilo!

CAM.   No te incomodes:
si comer no es cosa mala.

MERC.. Mas comer, y no ganarlo...

CAM. Y quién es el que no gana
lo que come?

MERC.   Tú!

CAM.   Mercedes!...
Tengo la culpa de que hayan,
contra tu gusto y el mio,
suprimido nueve plazas
en Gobernacion? No voy
constantemente á la casa
del ministro? No he hablado
á don Antonio Linaza,
sobrino del escribiente
que está en su despacho? Habla!

MERC. Pero, qué has adelantado?

CAM. Lo que un cesante adelanta:
romper botas, perder tiempo
y vivir con la esperanza
de que esto dé un boltequazo...

MERC. Y te quedes como estabas.

CAM. Despues de todo, es muy fácil.

MERC. Si á lo ménos té ingeniaras...

CAM. Estás fresca!

MERC.   Si inventases...

CAM. Cualquiera inventa en España.

MERC.	Pues hombre, el doctor Garrido...
CAM.	Ese tiene pozo en casa.
MERC.	Arderius...!
CAM.	No soy bufo.
MERC.	Brea y Moreno...
CAM.	Castañas!
MERC:	No; bellotas!
CAM.	Es lo mismo.
MERC.	No.
CAM.	Bellotas trituradas.
MERC.	Si nosotros las tuviéramos:..
CAM.	Nos cebaríamos.
MERC.	Calla!

Dí que eres un holgazan
y que no piensas en nada.

CAM. Vaya, pues voy á achicarte,
ya que tanto me rebajas.

MERC. Cómo!

CAM. Tengo un plan magnífico!

MERC. Un plan! (Con desprecio.)

CAM. Un plan puesto en práctica!
Aquí está. (Cogiendo un periódico.)

MERC. Ser periodista?

CAM. Ser pupilero!... En España
el hambre es ya una virtud
y es necesario explotarla.

MERC. Si te entiendo, que me emplumen.

CAM. Eso prueba tu ignorancia.

MERC. Camilo!

CAM. Soy un coloso,
hijo digno de mi pátria.

MÚSICA.

CAM. Esta es la clave
para vivir
tranquilamente
sobre el país.

MERC. Camilo, me parece
qué equivocado estás,
que hoy dia del anuncio
no se hace caso yá.

Es ingenioso
el mio á fé,
y á más de cuatro
deslumbraré.

MERC.   Qué es lo que dice?

CAM.   Lo vas á oir.

MERC.   No me impacientes.

CAM.   Pues dice así:

»La comida es el problema
que hoy preocupa á la nacion,
y morirse el que no come
siempre ha sido de cajon.

En el siglo del tramvia,
del teléfono y el gas;
sólo un hombre se ha atrevido
lo imposible á realizar.

Fíjense los madrileños
en mi anuncio tentador,
que soy digno de una estátua
fabricada en Alcorcon.

Las clases pasivas
aquí encontrarán
bisteck con patatas
v afabilidad;
con las condiciones
que se sirve aquí,
no se halla otra ganga
en todo Madrid. »

HABLADO.

CAM.   Toma, lee y díme si tengo
inventiva acreditada.

MERC.   (Leyendo.) »Almuerzo, comida y cena,
postres, tabaco y café
por cinco reales, y á fé
que el servicio es cosa buena.
Gran limpieza, mucho esmero
y espaciosa habitacion.
Aprovechad la ocasion!!
Ternera, siete, tercero.»
Esto es una tontería.
Ya me lo dirás mañana,
cuando el alcalde se vea
precisado á mandar guardias

	para contener la gente.
MERC.	Pero no seas papanatas:
	si no has de dar lo que ofreces!...
	De buena duda me sacas.
	Ya lo sé yo!
MERC.	¿Pues entonces?...
CAM.	Que paguen adelantadas
	catorce ó quince decenas,
	que pueda salir de trampas
	con su dinero, y despues...
MERC.	Que vayas preso?
CAM.	Bobada!
MERC.	Eso es una picardía.
CAM.	No lo creas, una gracia,
	y gracioso más ó ménos...
	No ves que ya aclimatadas
	están las gentes? Si es casi
	una costumbre en España.
MERC.	Pues yo no he de consentirlo.
CAM.	Usté hará lo que le mandan.
	Para eso es usté mi esposa,
	y la mantengo!
MERC.	Ah, canalla!
	Conque me mantienes?
CAM.	Si!
MERC.	Pues dáme para la plaza.
CAM.	Bien sabes que no lo tengo.
MERC.	Y tú me mantienes?
CAM.	Vaya!
	Si no te mantengo, al ménos
	es mi obligacion sagrada
	mantenerte; por lo mismo,
	si no te vá bien, te callas.
	Cúmple tú, que si yo falto...
	ya nos veremos las caras.
MERC.	Ay, qué desgraciada soy!
CAM.	Cuando te conduje al ara
	ya sabias que yo era...
MERC.	Un embustero! un mal alma!
	un hombre sin corazon!
CAM.	Y para qué me hace falta?
	Si fuera unos pantalones...

MERC.	Yo soy tu media naranja!
CAM.	Justo: la de San Francisco,
	que me ha caido y me aplasta!
MERC.	Ay, que desgraciada soy!
CAM.	Mercedes!
MERC.	Muy desgraciada!
CAM.	Ya me lo has dicho tres veces!
·MERC.	Y qué?
CAM.	Que con una, basta.
	Dáme el almuerzo! (Sentándose.)
MERC.	El almuerzo?...
CAM.	Sí; el almuerzo! qué te extraña?
MERC.	Que no hay nada preparado.
CAM.	Conque no hay?... Si no mirára!...
	(Coge un periódico y se pone á leer.)
MERC.	Camilo, eres...
CAM.	(Leyendo.) «Un becerro
	se escapó ayer de la plaza,
	dando el gran susto á unas gentes
	que alegremente almorzaban.»
	—¡Qué suerte la del becerro!
MERC.	Bien merecias...
CAM.	(Leyendo.) «Un ama,
	soltera, de quince años,
	leche fresca, y muy honrada,
	busca padres y la abonan,
	en la calle de la Pasa.»
	No he visto más disparates
	dichos en ménos palabras.
MERC.	Si crees que voy á aburrirme
	de esa manera, te engañas. (Coje otro periódico.)
	«El pueblo marcha al progreso...» (Leyendo.)
CAM.	«Petróleo á cien reales lata.» (Idem.)
MERC.	«El diputado Pestiño (Idem.)
	al usar de la palabra,
	demostró qué era el sistema
	más conveniente a la España...»
CAM.	«Garrotazo y tente tieso, (Idem.)
	novela nueva, ilustrada
	con grabados en madera;
	dos cuadernos en semana.»

MERC.	¡Buen Gobierno .. ¡ (Leyendo.)
CAM.	(Idem.) ¡Es imposible
	ni mejor ni más barata:
	calle del Cármen catorce.¡¡
MERC.	¡Tisis! ¡ (Idem.)
CAM.	¡Idem.) ¡La gran funeraria.¡¡
MERC.	¡Para las clases pasivas. ¡ (Idem)
CAM.	¡Cascarilla americana. ¡¡ (Idem.)
MERC.	Camilo, ¿quieres quemarme?
CAM.	Ni sabia que ahí estabas.
MERC.	Te juro que no has de verme
	en todo el dia la cara.
CAM.	Bueno; te veré de noche.
MERC.	No lo esperes.
CAM.	Anda, anda.
MERC.	Ni he de mirarte tampoco.
CAM.	Me mirarás si hace falta.
MERC.	Es que cerraré los ojos.
CAM.	Ya te haré yo que los abras.
MERC.	Lo veremos.
CAM.	Bueno, vete
	y haz aquello que te plazca.
MERC.	Puerco-espin!
CAM.	Anda al infierno
MERC.	Mal marido! (Vase.)
CAM.	Cataplasma!

ESCENA II

CAMILO

Gracias á Dios que se ha ido
mi idolatrada parienta.
Uf!... Veamos lo que dice
la insigne *Correspondencia*. (Leyendo.)
Santo Dios, qué estoy mirando!
«Él maestro Cara-estrecha
dá lecciones de toreo,
callejon de la Ternera,
siete, tercero...» ¿En mi casa?...

Sí; justamente… Ah, qué idea!…
Pero no; no puede ser,
nunca le ví la coleta
á mi mujer… Necesito
informarme bien, no sea…
Calle…: si es del mes pasado
y hace seis dias apenas
que en ésta casa vivimos…
Por suerte miré la fecha,
que si no, valiente susto
me dá *La Correspondeŋcia*.

ESCENA III

DICHO y LAURA.

LAURA.	Dá usté permiso? (Desde la puerta.)
CAM.	Adelante!
LAURA.	Es usté er patron?
CAM.	Sin barco.
LAURA.	Pues entonses paso er charco. (Entrando)
CAM.	Qué mujer tan elegante!
LAURA.	Cabayero, yo he leío
	el anunsio que publica…
CAM.	(Me hace tilin esta chica!)
LAURA.	Y en el instante he venío
	á sabé si era verdá.
CAM.	Verdad y verdad factible.
LAURA.	Realisa usté lo imposible
	en bien de la humanidá.
	Porque en estos tiempos fieros
	la manutension aterra!
	He declárado la guerra
	á todos los pupileros,
	y en esta lucha empeñado…
LAURA.	De usté será la victoria!
	De usté el laurel de la gloria!…
CAM.	(Lo echaré en el estofado.)
LAURA.	En este apartado eden
	donde el comersio se olvía
	me avengo á pasar la vía.

CAM.	Y en eso hace usté muy bien.
LAURA.	Su afan desinteresado
	me plase.
CAM.	Mucho me halaga...
	Pero en mi casa se paga
	siempre por adelantado.
LAURA.	Yo le daré la mesada
	cuando cobre.
CAM.	Pronto?
LAURA.	Sí,
	muy pronto!
	(Lo que tú á mí
	quieres darme, es la tostada.)
LAURA.	Y áun suponiendo que yó
	no pague; no habrá sofoco.
	Quien se aviene á cobrar poco
	se aviene á no cobrar.
CAM. (Gritando.)	No!!
	Que yo de balde no lucho;
	y sepa no me conviene,
	pues quien con poco se aviene,
	quiere lo poco y lo mucho.
	Ilusion no se haga usté
	de no pagar lo que coma,
	porque vale más *un toma,*
	siempre, que dos *te daré.*
	Y como hay muchos lagartos
	que andan de aquí para allá,
	usted... será... ó no será...
	Pero, en fin, vengan los cuartos.
LAURA.	Cuartos, *mangue?*
CAM.	(Habla en *caló.*)
LAURA.	Bueno!
CAM.	(Se pierde de vista!...)
	De qué vive usté?
LAURA.	De artista.
CAM.	Cantante, sin duda?
LAURA.	No!
	Yo he sido muy desgrasiada!.
	Tengo una historia... Ay de mí!
	Yena de lágrimas.
CAM.	Sí?

(Pues estará emborronada.)

LAURA. Primero, hise mi *debú*
en los bufos.

CAM.   (Pues ya escampa.)

LAURA. Como yo tengo esta estampa
yamaba ar sielo de tú.
Ay que Beya Elena aqueya,
quien olviarla podrá?

CAM. Hizo usté de Elena?

LAURA.   Quiá!

CAM. Pues de qué entonces?

LAURA.   De Beya!
Los abonados leales
me aplaudian, me mimaban,
y allí todos se fijaban
en mis botas imperiales.

CAM. Sí; lo creo...

LAURA.   Pero un dia
me enamoré de Melchor,
ay! yo no he visto mejor
teniente de artillería.

CAM. Era... artillero?

LAURA.   Si á fé.

CAM. Teniente.... Pues ahí es nada!

LAURA. De artillería montada,
pero al mes, me dejó á pié;
yo no hise más que yorar,
y de aquel disgusto atros
un dia... perdí la vos
y no la volví á encontrar!...

CAM. Mas con rostro tan seráfico
pronto usted.....

LAURA.   Perdido el mérito
ingresé en el benemérito
cuerpo...

CAM.   Civil?

LAURA.   Coreográfico!

CAM. Bailarina?

LAURA.   Sí señor.
y aunque aplanada y sin lus
en el género andalus
conseguí haser un furor.

CAM.	Muy bien!
LAURA.	Mas las castañuelas,
	como yo soy tan sensible,
	me hasian un daño horrible
	y me quedé por dos velas.
CAM.	Desgracia grande!
LAURA.	Despues
	un fransés me dió lecsion,
	y con cresiente afision
	me dediqué á lo fransés.
CAM.	Bien ideado?
LAURA.	En un tris,
	y estudiando con afan,
	me hizo sélebre el can-can
	la Modista de París.
CAM.	Es que es precioso!
LAURA.	Muy bello.
CAM.	Aquel paso de tem, tem! (Bailando.)
LAURA.	Precisamente!
CAM.	Y tambien.
	más tarde, cuando entra aquello... (Baila.)
LAURA.	Por lo que veo, quisá
	usté es de la profesion.
CAM.	No tal, no; simple aficion...
LAURA.	Vamos á verlo?
CAM.	(Poniéndose en posicion.) Ya está.

MÚSICA.

	El can-can es de los bailes
	el más sano y el mejor,
	y entusiasma fácilmente
	á las niñas com il faut.
LAURA.	El can can para los hombres
	es un bálsamo eficaz;
	si están tristes los alegra
	y si alegres es la mar.
CAM.	Viva el can-can.
LAURA.	Que viva sí.
CAM.	Su paso es fácil,
	se baila así. (Bailan.)
LAURA.	El can-can no causa hastío
	y á las hembras dá valor,

cuando el hombre que lo baila
sabe el paso á perfeccion.

CAM.   El can-can alegra el alma
y nos llena de placer,
si lo baila una pareja
como la que ustedes ven.

LAURA.   Viva el can-can.

CAM.   Viva el belen.

LAURA.   A repetirlo
segunda vez.

HABLADO

Es usté una bailarina
de lo que se llama al pelo.

LAURA.   Aunque medrar es mi anhelo
su elogio no me alusiña:
Quisá aplaude por sistema.

CAM.   No tal!

LAURA.   Usté es muy cortés!...

CAM.   Dice usté más con los piés
que Zorrilla en un poema.
Tiene usté gracia, soltura,
movilidad, gentileza;
y luego, hay en la cabeza
esbeltez y galanura.
No ví jamás tal primor
ni en bailarinas de empaque;
sobre todo, en el *destaque*
no hay quien destaque mejor.

LAURA.   Pues, aunque usté se alborota
con mi *destaque*... no es maca;
lo que mejor se *destaca*
es que no tengo una *mota*.

CAM.   De lo cual, y no es desvío,
vamos en limpio á sacar,
que usté, bailando... es la mar!
Pero que yo no le fio.

LAURA.   Cuádrele á usté ó no le cuadre,
yo de aquí ya no me aparto.

CAM.   Señora!

LAURA.   Cuál es el cuarto?

CAM.   El cuarto?... honrar padre y madre.

LAURA.   Pero?...

CAM.	No quiero prebendas.
LAURA.	Y me desahúcia usté?
CAM.	A ver!
LAURA.	Rechazar á una mujer
	que tiene tan buenas prendas.
CAM.	Pues se pueden empeñar,
	y sacando algunos reales...
LAURA.	Son mis prendas personales!
CAM.	Eso es hablar de la mar.
LAURA.	Bueno; pues, ya que traidor,
	las esperanzas me roba... (Váse á un cuarto.)
CAM.	Señora, que esa es mi alcoba!
LAURA.	Mejor!
CAM.	Cómo que mejor?
LAURA.	Allí buscaré el sosiego.
CAM.	Eh! poco á poco... Y se mete!
LAURA.	Despiérteme usté á las siete.
CAM.	Pero es que yo no...
LAURA.	(Cerrando la puerta.) Hasta luego.

ESCENA IV.

CAMILO.

CAM.	Estas gentes son felices!
	Y nada... se acostará,
	y por contera, me dá
	con la puerta en las narices.
	Que estuve tonto parece...
	Y si de este modo empieza...
	No, si he de hablar con franqueza,
	la chica se lo merece.
	Tiene una gracia... un mirar
	esa condenada niña...
	Y luego la infame, guiña
	de un modo particular.
	Necesito ver si ensayo... (Restregándose las manos.)
	pero qué diablo, es la cosa
	que si se entera mi esposa
	va á haber aquí un Dos de Mayo.
	Nada, no; no puede ser:
	démosla pronto al olvido:

para un hombre bien nacido
lo primero es su mujer.

ESCENA V.

DICHO y MERCEDES.

MERC.	Qué tranquilo está el traidor.
CAM.	(Sin verla.) Señora!... Señora!... Eh!
MERC.	Señora?... A quién se dirige?
CAM.	Señora! que salga usted
	ó tiro la puerta abajo!...
MERC.	Camilo!
CAM.	Pun! Mi mujer!
MERC.	Qué es lo que estabas haciendo,
	Camilo?
CAM.	Pues... ya lo ves.
MERC.	A quién llamabas?
CAM.	A... un huésped.
MERC.	Ahí dentro hay una mujer!
CAM.	Bueno; un huésped con enaguas.
MERC.	Y lo confiesas, infiel?
CAM.	Hija mia... un pupilero
	tiene por fuerza que hacer
	la vista gorda.
MERC.	Conformes:
	pero los hombres de bien,
	no admiten en su morada
	más mujer, que su mujer.
CAM.	Es que esa que está en mi cuarto
	es una señora.
MERC.	Pues!...
	No será mala señora
	la que tiene menester
	de casas á cinco reales
	con tres comidas...
CAM.	Por qué?
	Son acaso incompatibles
	la humildad y la honradez?
	Esta es toda una señora,
	una artista á la dernier,

con mucha gracia en el cuerpo
y mucha fuerza en los piés.

MERC. Una bailarina?

CAM. Justo!

MERC. Qué escándalo!... Salga usté!

CAM. Calla que está descansando;
la pobre debe tener
necesidad de reposo,
porque baila mucho y bien.

MERC. Ha bailado aquí!

CAM. Preciso,
para hacerme comprender
que era artista...

MERC. Y tú has bailado
con ella?

CAM. Pues ya se vé:
cómo habia de bailar
sola la pobre mujer?

MERC. Voy á pedir el divorcio!

CAM. Pero, Mercedes, por qué?

MERC. Voy á ver al juez hoy mismo!

CAM. Y cuando pregunte el juez
por qué deja usté á su esposo?
qué le vas á responder?

MERC. Que le dejo...

CAM. Porque baila!

MERC. Infame!

CAM. Sosiégate!

MERC. Me voy con mi madre!

CAM. Bueno;
vámonos con mamá!

MERC. Ustéd?
Usté no viene conmigo.

CAM. Pues sola no vás.

MERC. Iré!

CAM. No quiero yo!

MERC. Y qué me importa?

CAM. Mercedes!

MERC. No he de volver
á verte!

CAM. Mira, Mercedes!...

MERC. Abur!

Cam.	Aquí quieta! (Cogiéndola.)
Merc.	Qué?...
	Camilo, á mí no me toques!
Cam.	Que no te marchas, mujer!
Merc.	Me sueltas!
Cam.	No!
Merc.	No?... Pues toma!

(Al darle una bofetada, entra Mister Johk, quien la recibe.)

ESCENA VI

Dichos y Mister Johk.

Mist.	Andar trompis!
Cam.	Un inglés!
Mist.	Cacheteamenta española!
Cam.	Has visto?
Merc.	Dispense usted...

MÚSICA.

Yo ser Mister Yohk,
yo estar toda inglés,
y en esto país
venir á aprender.
Mi ser un Roschild;
mi tener valor
y venir aquí,
yés. yés,
á matar torós.

Cam.	Es un inglés.
Merc.	Es un inglés.
Mist.	Y es verigüell.

Toda, toda flamenca,
toda, toda barbian;
mi querer de lo españolo
á mi país aportar. (Baile.)

Madrid estar bien,
más bien que London,
é mi ser aquí
chulea guason.
Salera tener,
torera será,
y venir aquí

yés, yés,
á toros matar.
Viva, viva la grasio,
viva, viva el chipé
de las niñeras bonitas;
mi lo salerra aprendé.

HABLADO.

MIST.	El maestro Cara-estrecha?
CAM.	Qué es lo que dice este inglés?
MERC.	Caballero, usted perdone....
MIST.	Manos blancos no ofender
CAM.	Pero doler!
MERC.	(Ah qué idea!)

Por ventura, busca usted
habitacion?

MIST.   Al maestro
Cara-estrecha.

CAM.   Aquí no es.

MIST. Mi ser Mister Johk.

MERC.   Qué tipo!

MIST. Mi estar de London.

CAM.   Y qué?

MIST. Venir mí á aprender flamenca.

MERC. (Voy á vengarme).

MIST.   Querer
matar toras, bailar óle,
y el salera, chichapé.

CAM. Yo no entiendo una palabra.

MERC. Pues él se explica muy bien.

MIST. Leer mi, correspondensió,
correspondensio poner,
Ternero, siete, tercera,
ó Ternero estár osté. (A Camilo.)

CAM. Escuche usted, señor mio...

MIST. Mí la torera aprender,

CAM. Ya he dicho que no es aquí!

MIST. *Bun noy*. (Marchándose).

MERC.   Espérese usted.
El maestro Cara-estrecha
soy yo.

MIST.   Ah.

CAM.   Pero mujer...
MERC.   Y le daré á usté lecciones
        desde este momento.
MIST.   Ah! Yes!
        Mi aprender, querer torera:
        mi dispois estableser
        Academia en London.
MERC.   Nada;
        en dos dias, sabe usté
        más suertes que Lagartijo.
CAM.   Mercedes, por San Ginés!...
MIST.   Si oste haserme Lagartija
        mi prometa dar oste
        mocha dinera.
CAM.   Qué escucho!
MERC.   El quiebro...
CAM.   (Gritando.)   No se le dés!!
MERC.   Voy por el trapo, enseguida
        vuelvo...
MIST.   Oh no; mi tener
        la maleta toda llena
        de trapos. (Saca de ella un capote de torero.)
CAM.   Digo el inglés
        y qué prevenido viene.
MERC.   Usté hará de toro!
MIST.   Eh!...
        Mi no tora (A Camilo.) El señor tora.
CAM.   Un diablo!
MIST.   Mí paja bien.
CAM.   Pues yo no quiero. ¡Canastos!
MIST.   Oh yes!
CAM.   No señor!
MIST.   Oh yes.
MERC.   No es necesario
CAM.   (Respiro!)
MERC.   Atencion!
MIST.   Mi la tener.
MERC.   Póngase usted á ese lado.
CAM.   (Maldito seas, amen!)
MERC.   Tienen amor y toreo
        mucha semejanza.
CAM.   ·A ver!

MERC.   Si á una niña hace usté el oso
porque le prendó su talle
y le pasea la calle
de su cariño ambicioso.
Si ella demuestra á las claras
no serle á usté indiferente,
está claro y evidente
que la niña *toma varas*
Si usté logra que *le cite*
entra el *toreo á lo fino*,
y hay que tener mucho tino
para salir bien *del quite*:
mas si la niña desbarra,
ó algun resabio profesa,
se le dá una *aragonesa*
ó un *capeo á la navarra*.
Y bien dispuesta á la *muerte*
que usté le dá, en amor *diestro*,
sólo le resta al *maestro*
saber colocarse *en suerte*.
Y una vez ya preparada,
y de la *brega* rendida,
buscándose *la salida*
se le estiende *la estocada*.
De lo cual, aunque irrisorio,
resulta por nuestro mal,
que vienen á ser igual
el trasteo y el casorio.

CAM.   La descripcion es muy fiel
y la igualdad es sencilla:
los testigos *la cuadrilla*,
y la casa *el redondel*.
y de ese relato infiero
que son, sin hacer agravios,
los vecinos, *monos sabios*,
y la suegra *el puntillero*.

MIST.   Ser difísil!

MERC.   Poca cosa,
y si se pone interés... (Cuadrándose.)
Embista usté, y lo recibo.

MIST.   Ah, bueno! (Hace la intencion.)

CAM.   No embista usté!

MÚSICA.

CAM.
Lance gracioso;
tendrá que ver
jugar yo al toro
con mi mujer.

MERC.
Milor, yo le aconsejo,
si airoso ha de salir,
para saber el quite
que aprenda el embestir.

MIST.
Si ser esa la regla
seguirla tambien yo.
Pues fíjese un momento
y empiece la leccion.
Pues con la izquierda
se coge el trapo,
se cita al toro
diciendo, guapo,
ven para acá,
y se le dan dos pases
al natural.
Y cuando el bicho
se pára un poco,
con mucha gracia
y mucho aplomo,
si es el que mata
muchacho diestro,
dá dos de frente
y uno de pecho.

MIST.
De los de los de aquí,
porque los *pasas* esos
gostarme á mi.
El inglés no es un bobo
segun calculo,
que los pases de pecho
le gustan mucho.
Mujer, por Dios,
no enseñes el toreo
á ese milor.
Si el toro corre
siga tras él,
hasta que logre
parar sus piés.
Y puesto así,
le puede usté sin miedo

CAM.	ya recibir. Y puesto así, un revolcon de marca vá á recibir.
MIST.	Y puesto así, á los torros valientas yo recibí.
MERC.	Cuando vaya en su tierra á dar leccion no se le olvide nunca la posicion. Olé y olé liado siempre el trapo ha de tener. Cuando vaya á su tierra, pobre milord, de seguro se lleva un revolcon. Olé y olé viva el hombre flamenco torero inglés.
MIST.	Cuando dé mil lecciones allá en London, mí torear á toda la poblacion. Ay! chichapé; mais de cuatro miladis recibiré.

HABLADO.

CAM.	Ea, basta de lecciones. Se acabó, lo entiende usté?
MIST.	Por qué?
CAM.	Porque yo no quiero!
MIST.	Cómo?
CAM.	Porque es mi mujer, y ya me voy yo cansando.
MIST.	Sentarse.
MERC.	Camilo, ten más calma!
CAM.	No me acomoda!
MIST.	Sacar mí lo revolvér!
CAM.	Aunque saque usté un cañon.

	Vaya! que ya me amosqué
	y le pego á usté un zurrio
	que lo vuelvo del revés!
MIST.	Mi estar inglés!
CAM.	Yo español!
MIST.	Mi valienta!
CAM.	Bien y qué?
MIST.	Mi mata!
CAM.	Y mi descabella!
	Pues hombre estábamos bien!
MERC.	Camilo!
CAM.	No soy Camilo,
	soy un hulano, un lebrel,
	un chacal, una pantera
	que vá á comerse un inglés.
MIST.	Oh no; mi estar dura.
CAM.	A palos
	lo voy á ablandar á usté.
MIST.	Boxeamienta! (Amenazándole.)
CAM.	A mí puños?
	Puños á un aragonés?
MIST.	(Muy asustado.) Aragonés!... Ah navaca!!
	Navaca!!! (Corriendo por la escena.)
CAM.	(Ya lo achiqué.)
MIST.	Navaca osté no sacar! (Suplicante.)
CAM.	Navaja yo no tener.
MIST.	Mi mieda entonces no tenga! (Repuesto.)
CAM.	Ah, tuno!

ESCENA VII

DICHOS y LAURA.

LAURA.	Vaya un belen!
	No puede una ni dormir!
MERC.	Señora!
MIST.	Guapa moquier!
	Osté querer resibirme?
LAURA.	Yo?... Que le resiba á usté
	Frascuelo!
CAM.	Qué está usté haciendo? (Aparte.)

Este tio es un inglés
que tiene muy buenos cuartos.

LAURA. Eso ya tiene otro ver.

MERC. Qué les has hablado al oido?

CAM. Veras!

LAURA. (A Mister.) Venga osté, gaché!

MIST. Oh gache mí! (Muy contento.)

LAURA. Usté qué quiere?

MIST. Mí quiera toda aprender
la torera.

LAURA. Yo le enseño.

CAM. Usté sabe?

LAURA. Ya se vé.
Si lo aprendí en Pepe-Hillo!

CAM. Pues es verdad.

MIST. Oste ser
casada?... Mí con casadas
no quiera bromas!

LAURA. Por qué?

MIST. Porque marido españolo
estar siempre aragonés.

LAURA. Yo soy libre como el aire,
y si quié aplicarse usté,
vá usté á saber más toreo
que el Chiclanero.

MIST. Ah! bien, bien!
si oste querer, mí casar.

LAURA. Si usté casar, mí querer.

MIST. Le equipaque de Milady!

LAURA. Equipaje?... No hay de qué!...

MIST. Mí comprarlo.

LAURA. Viva el rumbo!

MIST. Chipe salerosa!

LAURA. Yes!

MERC. Y habla inglés!

LAURA. Yo hablo de todo.
Ah, compadre, pague usté
al señor mi pupilaje.

MIST. ¡Cuanto?

CAM. Mil duros?

LAURA. A ver?...

CAM. Cállese usté y partiremos.

Mist.	Eh!... ¿mil duros?
Laura.	Eso es.
Cam.	Por la leccion... otros mil.
Laura.	Partirèmos?
Cam.	Ya se vé!
	Otros mil por la molestia.
Merc.	Camilo!
Cam.	Calla mujer!
	Otros mil...
Mist.	Basta de miles!
Cam.	Bien; cinco mil duros!
Mist.	Eh!
Cam.	El resto es por la propina.
Mist.	Se los doy!
Laura.	Qué vas á haser?

(Mister dá á Camilo varios billetes.)

Valiente inglés se ha pescado! (Aparte á Camilo.)

Cam.	No pescó usted mal inglés!
	Y tú estás ya convencida? (A Mercedes.)
Merc.	Perdono, por esta vez.
Mist.	El braso! (A Laura)
Laura.	¡Con mucho gusto!
Mist.	*Bun noy.*
Cam.	¿A dónde va uste?
Mist.	A London!
Cam.	Y estos señores?...
	No nos despedimos?
Mist.	Yes!
Laura.	¡Eh, patron! (Señalando al público.)
Cam.	No entiendo de eso.

Laura.   Corriente; pues yo lo haré.

(Al público) Milady de este milord
cerca está ya mi partida,
pero en mi pátria querida
he de pensar con amor.
Bajo este sol de los soles
miro colmado mi afan,
y se que me aplaudirán
los galantes españóles.

TELON.

Milton Keynes UK
Ingram Content Group UK Ltd.
UKHW010637290424
441924UK00005B/349

9 783368 052508